도시로 간 낙타

시작시인선 0305 도시로 간 낙타

1판 1쇄 펴낸날 2019년 9월 9일
1판 2쇄 펴낸날 2020년 1월 13일
지은이 최태랑
펴낸이 이재무
책임편집 박은정
편집디자인 민성돈, 장덕진
펴낸곳 (주)천년의시작
등록번호 제301-2012-033호
등록일자 2006년 1월 10일
주소 (03132) 서울시 종로구 삼일대로32길 36 운현신화타워 502호
전화 02-723-8668
팩스 02-723-8630
홈페이지 www.poempoem.com
이메일 poemsijak@hanmail.net

ⓒ 최태랑, 2019, printed in Seoul, Korea

ISBN 978-89-6021-447-7 04810
　　　 978-89-6021-069-1 04810(세트)

값 10,000원

도시로 간 낙타

최태랑

천년의 시작

시인의 말

두 번째는
빛인 줄 알았다
어느 별에서
떨어진 돌멩이인가
아무리 다듬고 연마해도
돌로 있다
언제쯤 보석이 될까
평생 지고 있는
시가 준 짐이다

2019년 9월
최태랑

차 례

시인의 말

제1부

해 설

제1부

씀

누가 말끝에 씀, 하고 붙여 주면
그 씀이란 말 듣기 좋다
말에 씨가 붙어
싹이 나고 잎이 나
열매가 맺힐 것 같은 말

쓰면서도 궁금한 씀이란 말
쓰임이 있다는 말인지
쓴 약 같다는 말인지
써서 남겨야 한다는 말인지 모르지만
해찰 부리지 않고 살다 간 생각의 사원
왠지 스스로 귀해지는 말이다

나만 알 수 있는 존경스런 마무리
말끝에 글 끝에 씀, 하고 맺는다

저어새

저것은
낯설지 않는 생의 수단이다

물때를 맞춰 도착한 전동차
문이 열리자
선글라스 남자가 바닥을 저어 나온다

생존이 키워준 완벽한 숙련
환전기 앞에 가서 카드를 넣자
댕그랑 오백 원 동전이 나온다
동전이 그만 바닥에 떨어져
댕그르르 굴러 납작 엎드렸다
주워주려다 그냥 두었다

지팡이가 바닥을 더듬는다
부리가 먹이를 낚아채듯
천지창조의 그분 손가락처럼
공중급유기 노즐처럼 기가 막히게
지팡이 끝이 동전을 덥석 물었다
허리를 굽혀 주머니에 넣고 고의춤을 여민다

촉이 몸을 끌고
길의 척추를 더듬어
물길 사나운 횡단보도를 휘적휘적 저어 간다

고요한 봄

북한산 능선 길 그늘에 앉아 봄을 쬔다
그늘을 넓히느라 적송은
파란 손가락을 내미는 중이다
우듬지까지 수액이 흐르면 나무는
하늘과 한 뼘 가까워질 것이다
저 산 아래 흐르는 강도 봄을 낳는 중이다
물고기들이 단맛 든 강물을 찍어 먹는 사이
비늘처럼 윤슬이 튀어 오른다
강은 먼 기억을 품은 채 흐르고
나무는 부지런히 봄볕을 떠먹는다
마음이 몸을 부축하고 걷는 길
혼자서는 목이 메어 도시락 내려놓고
터벅터벅 외로움을 더듬는다
앞서간 것들이 그리운 봄날
너덜대는 마음 하루재에 앉혀 두고
이제는 버려야 할 것과 지니고 갈 것,
흑백의 풍경을 분리해 본다
바람에 팔 하나를 내어주는 나무처럼
나는 누구에게 나를 내어줄까
어느 봄날
잊었던 나를 불러내어 고요히 읽는다

가방

몇 달째 방 먼지만 뒤집어쓴 채
웅크리고 있는 물소
걸핏하면 손잡고 나가자 조른다
봄볕 느슨한 날 물소를 깨워 그 속에
꾹꾹 꿈을 눌러 담고
슬픔도 구겨 넣고
황량한 들판이 기다리는 우루무치로 떠난다
더딘 연착이 지루해
다리 올려놓고 엉덩이로 깔고 앉아도
묵묵히 무거운 몸 받아준다
발목에 발통을 달고 여행 농사를 짓느라
사나흘에서 한 보름씩 광야를 누비다
지친 몸으로 집으로 돌아오면
무색옷 속으로 들어가
꼬리표 단 채 와불처럼 누워있다

다정의 거리

당신과 나 사이 거리는 얼마나 될까

다정의 거리 말인가
입술과 입술 사이면 어떨까
너무 가까워 다정도 병이 되지 않겠나
그야 몸이 따라와 거부할까 두렵다네
숨결도 새어 나가지 않게 감춰둘 곳 없을까
그럼 겹겹의 막으로 숨 막히지 않겠나
아닐세 구속은 방황을 재운다네

그리움의 거리 말인가
그리움이야 산 넘고 내 건너 찾아가면 되지 않겠나
아닐세
너무 멀리 두면 잊힐까 두렵고
너무 가까이 두면 상처 되기 쉽잖은가
그리움은 바람이 나뭇가지를 흔들듯
관심의 거리에 있어야 한다네

다정이야
나무와 나무 간격이 숲을 이루고

섬과 섬 사이가 풍경을 그리듯
가깝지도 멀지도 않은
그렇게 서로 바라보는 거리면 좋겠네

노크

아내는
밖으로 나갈 때
종종 문에 노크를 한다

왜 노크를 하냐고 물으면
피식, 웃으며
밖이 궁금하잖아 한다

나는
흐릿해져 가는 아내의 기억에
종종 노크를 한다

아내는 밖이
나는 안이 궁금하다

왜 모를까

힘들게 깔딱고개를 오르는 사람들
다시 내려갈 길을 지고 오른다
비는 다시 올라갈 길을
저리도 세차게 내려오고
잠기면 다시 벽인데
문을 달고 산다
어제는 지나간 오늘이고
오늘은 내일의 어제인데
한사코 시간을 당기고 산다
오늘이 행복해야
평생 행복인 것을
마음속 아직 펴지 못한
날개가 있음을
왜 모를까

하모니카

한여름 옥수수밭을 지나다 보면
어디선가 병사들 군가 소리 들려온다

발가락 드러내놓고 꼿꼿이 도열한 채
바람이 이랑을 지날 때마다 어깨 흔들며
일사불란하게 군가를 부른다
한때 직립으로 살았던 시절이 생각나
노병은 헛헛이 서있다

우듬지에는 꽃인 듯 아닌 듯
피어있는 실가지
물알이 든 노란 알갱이
자꾸 눈이 그쪽으로 가
북녘이 보이는 전선
숭숭 뚫린 바람의 문으로
전우가 불렀던 마지막 노래
'어젯밤 꿈속에서 어머니가 하신 말씀'
저절로 하모니카 소리 들려온다

먼저 간 전우 생각에

눌렸던 슬픔 비집고 나와
잠 못 이룬 밤도 있었다

6월에

6월이 오면
먼저 간 전우들이 생각나
참배를 간다

국립묘지 서역 630번 묘
언제나 먼저 와있던 미망인
우리를 맞이했다

젊은 묘지
눈물로 파종한 6월

올해는 감파르게 젖은
표지석이 우릴 맞이한다

편린 같은 추억 같이 나누려
이제 그만 당신 곁으로 갑니다

길고양이

    당신 손을 떠난 후 당신을 버렸어요 목에 방울을 달아주고 나비라 불러주었을 때보다 웅크리고 밤하늘을 보는 지금이 좋아요 나를 받아준 곳은 거친 들이었어요 밖으로 뛰쳐나가려는 습성 이제는 버렸어요 인간이 내게 준 게으름을 지우려고 들을 헤매고 있어요 신이 준 범을 닮은 꼬리와 냉정한 발톱을 이곳에서 발견했어요 비명을 지르는 피 묻은 타이어도 두렵지 않아요 깃털 같은 걸음으로 발소리를 지울 줄도 알아요 한 줌의 인스턴트 먹이보다 발톱에 찍힌 싱싱한 들쥐가 좋아요 그때 주었던 통조림보다 쓰레기 봉지 속 간식이 좋아요 등산객이 던져준 밥 한 덩어리에 하마터면 속을 뻔했어요 이제는 거세당할 일 없이 식구를 늘리고 살 수 있어요 함부로 이름 부르지 말아요 이제 당신은 내 마음 밖에 있으니까요

통기타

너무 끌어안지 마세요
숨이 막혀 소리를 낼 수가 없잖아요
잘록한 허리 나를 무릎 위에 올려놓고
손가락으로 가볍게 튕겨주세요
때로는 부드럽게
탱탱한 자존심 지그시 재워보세요
그럼 나는 딩가딩가
후끈 달아올라 탄성을 지를 겁니다
내 몸은 찬바람이 부는 알프스 고도에서 왔어요
수백 년 입수도立修道 하던 구상나무
어느 명인이 깎고 다듬어 명품이 되었어요
나의 가장 예민한 둥근 입
단 한 사람을 위한 마지막 연주
떠다니는 구름 실바람 소리를 연주할 겁니다
붉은 피스는 도와 레 사이 끼워 넣고
노래하는 나무로 돌아갈 겁니다

젖 밥

캄보디아에서는 여인의 젖을 수출한다

움직이지 않은 채 젖이 차도록 기다리면
소독약을 바른 뒤 착유기를 갖다 대고 채유를 한다
보채는 아이에게 물리지도 못한 하얀 피를 뽑아낸다
지친 몸 한참을 뉘었다가
빈 젖을 안고 10달러 손에 받아 쥔 여인
갈수기 마른 강이 되어간다

그 젖은 바다를 건너가 근육강화제나 미용으로 쓰인다

젖 돈으로 톤레사프 물고기 몇 마리와 봉지 쌀을 사서
저문 해처럼 돌아가는 여인
킬링필드 때 외다리가 된 남편
학교 대신 쓰레기 더미를 뒤지는 큰아이
젖배 곯은 작은아이

네 식구 입이 저 젖가슴에 달려 있다

주전자

등을 배에게 양보한 그릇
둥글기 위해 태어난 자존심이다
물水이나 차茶를 담고도
주전자酒煎子라는 이름을 고수한
그것은 불룩한 배짱 때문이다
둥글다는 것은
해산을 기다리는 만삭이거나
모나지 않는 부드러움
허나 평생 하초를 보지 못한 배불뚝이 안녹산은
무력으로도 밑바닥을 볼 수 없었다
주전자는 막그릇이면서 고래 습성을 닮았다
주둥이가 커서 한 바가지 통째로 먹고
숨이 차면 뚜껑을 걷어차고 솟구쳐 뿜어댄다
겉은 일그러졌어도 잔으로 갈 때는
언제 그랬냐는 듯이 낮고 공손하다
산전수전 다 지나온 양은 주전자
비어있을 때는 채우고 싶고
차있으면 비우고 싶은 가난한 귀족
황금빛 길 걸어보지 못하고
귀때에 묻은 입 자국을 간직한 채
손잡이가 벽을 붙들고 있다

고사리

신혼 초급장교 시절 백골부대에 근무했다
철원군 서면 신술리 복계산 중부전선 골짜기
평강평야가 훤히 보이는 민통선 남쪽
아내는 종종 그 산에 가서 나물을 해왔다
볕이 손짓하던 어느 봄
해 질 녘이 되어도 돌아오지 않아
불길한 예감에 통신병과 함께 찾아 나섰다
한참을 헤매다 만난 아내
해가 넘어갈 때 잘 보인다는
고사리밭을 만나
한 소쿠리 고사리를 꺾었다며 천진하게 웃었다
내려오는 길에 만난
덤불 속 섬뜩한 삼각형 지뢰 표지판
등줄기가 오싹했다
졸깃한 민통선 고사리 지뢰 나물
서로 얼굴 마주 보며 나눠 먹었다

수성 가는 길

구름이 바닥에 앉아있는 수성
우주의 빛을 찾아간다
새는 걷기를 좋아하고
자벌레는 느릿느릿 걸음을 재고
매미는 탈피를 서두르지 않는 곳
길 위에 길이 엉켜있다
어디가 낙원으로 가는 길일까
어느 노인에게 수성 가는 길을 물으니
허공을 가리킨다
손가락 끝을 따라가 보니
구릉 성지에는 누군가 자리를 잡고 있다
이미 먼저 온 사람들
별똥별의 웃음소리 흩어져
눈에 익은 하얗고 기다란 집을 짓는다
땅 한 평 없는 나에게
노인이 가리키는 그곳은
허공의 어느 별이 아니었을까
석 달 열흘을 걸어도 수성은 보이지 않는다
수성은 어디쯤일까

사금파리

　어릴 적 나와 같이 외가 더부살이하던 누이는

　부엌일하다 말고 이 나간 파란 꽃무늬 사발을 아무도 모르게 쪽문 밖으로 냅다 던져버렸다 그릇 찾기에 혈안이 되었지만 나는 일부러 부엌 너머 풀숲으로 가지 않았다 한밤이면 별빛이 풀숲 사발 조각에 담겼다 돌아가는 걸 보았다

　그릇 조각을 감춘 숲은 누이의 비밀을 품은 풀벌레 소리를 들려주었다 책보 들고 학교 가는 나를 보는 누이의 입가는 언제나 봄이었다 돌아오면 무얼 배웠니, 듣도 보도 못한 내용을 엄마처럼 꼭꼭 물었다 또래 친구들이 밖에서 놀 때면 부엌에서 혼자 깨금발을 하며 부러움을 달랬다

　내가 고향을 떠난 후 누이는 갯고랑에서 칠게를 잡다가 아버지를 삼킨 바다에 쓸려 갔다 수년 후 찾아간 동네 아이들 손에 들려 있는 파란 꽃무늬 사금파리, 누이 얼굴이었다

제2부

입

지퍼는 옷의 입

닫혀 있을 때

차분하고 고요하다

함부로 여닫지 말아야

할 것은

지퍼만이 아니다

달팽이 조련사

내게 할 일이 생겼다
달팽이 조련사

이놈은
날씨가 좋은 날에는 그늘에 움츠리고 있다가
가랑비가 오면 와각에서 몸을 내밀고
더듬이를 휘둘러 공기를 잰다
바람이 가리키는 곳으로
나선형 집을 지고
미끄러지듯 기어 나온다

봄비가 내려 소나무 숲으로 데리고 나간다
솔잎은 가시 끝에 눈물방울을 달고 있다
먼발치에서 보면 곡선의 솔가지
접근해 보면 사납고 직설적이다
송충이와 한판 붙는 달팽이
숙련된 조련사의 작전이 먹혀들어
더듬이가 춤을 추고 미끄럼판 점액을 쏜다
부드러움이 기세등등한 사나움을 이겼다

한때 달팽이처럼

가난을 등에 지고

더듬이 하나로 가파른 길 오르던 날 많았다

섞박지

숭덩숭덩 썬 무에
남은 양념으로 버무린 섞박지
겉절이도 아닌 것이 김치라기엔 허접한
간절기 허드레 음식이다
귀인 겸상 아니더라도
양은 밥상 마주한 격 없는 사이
막그릇에 설게 담아 국물이 묻어있어도 좋다
토방에 앉아 설겅설겅한 무를 베어 물며
이웃집 여편네 흉보며 먹어도 좋은,
곁두리로 봇도랑에 퍼질러 앉아 먹는 들참에도 좋은,
파시에 막걸리 트림을 하며 먹어도
흉이 되지 않는 음식이다
밥숟갈 위에 얹어주던 내 고향 누이 같은 김치
찬밥에 국물 없이 먹어도 한기나 목 멤이 없는
어찌 보면 내 살아온 뒤안길 같은 음식이다

한탄강

흘러온 한 생애가 부끄러워
땅속으로 흐르는 강
햇살도 머물지 못하고 돌아누워
그늘에 잠겨있다
아무도 오갈 수 없는
동토에서 유유자적 흘러 내려와
새들도 찾지 못하게 숨어버린 강
그 옛날 망국을 한탄했을까
백성들 명성이 아직도 들리는 듯하다
동란 중 가장 치열했던 격전지
격동 속에서 남모르게 늙어버린
노병의 한 자락 눈물
포성이 퇴적되어 협곡이 되었을까
통일의 기원도 새소리도 얼어버렸다
평생 들판을 보지 못하고
임진강에 와서야 얼굴 내미는
이 세상 가장 설운 이름을 가진 강

종이 나라

한때 너도 나무였으리라
몸속에 나이를 숨기고 살다
어둠을 풀고 나와
환한 종이 나라를 세웠다

요양원 아이로 머물러있는 그녀가
종이를 접는다
꼬깃꼬깃 기억에 남은 글자를 펼쳐놓던
그 바탕의 넓이만큼 큰 종이 나라
어디를 가고 싶은 걸까
두 겹 이상 날렵하게 접어야 하늘을 날고
접고 꼬부려야 물 위에 뜰 수 있다
소소한 바람 잔잔한 물 위에서도
제 무게만큼 날거나 뜰 수밖에 없다

접은 종이를 들고 그녀가
종이 나라 주인이 되었다고 좋아라 한다
한때는 필 하나로 예스럽게 다스렸을 텐데
지우고 다시 써도 돌아오지 않는 기억
그녀는 이제 접는 것도 멈추고 흘러간 것을 잊어버렸다

한생의 흔적을 남기고 적막을 찾아
곧 신위 위에 덮일 하얀 종이 나라

빙어 시인

파로호 얼음판 위로 끌려 나온 빙어
동안거 동자처럼 파리하다
투명한 영혼
빙경氷鏡에 스적대는 달빛 소리 들려온다
골똘히 생각에 잠긴
포장마차가 제격인 사람
비우고 또 비워도 보이는 속
술잔에 별을 띄워 마신다
그 사람 고향은 충청도, 「동백아가씨」가 십팔번
시력詩歷 40년 아직도
그리움에 목메는 사연 많아
마음 쉬이 들키는 사람
숨바꼭질도 포커페이스도 몰라
바로 들통나는 사람
가슴 저민 연애사도 곧잘 들키는 사람
누가 뭐라 해도 그는 그여서 퇴근길
달빛 뚝뚝 떨어지는 마포 강변을 휘적휘적 걸어간다

거푸집

한여름 밤
매미 성충이 메타세쿼이아에 기어오른다
집 한 채 남겨 놓고 소리만 빠져나갔다
벗어야 할 소리의 겉옷
긴 세월 땅속에서 한 땀 한 땀 어찌 지었을까
천적을 피해 소리 소문도 없이
야무지게 지은 환생의 틀
불면의 촉수 바람에 흔들린다
땅에 떨어져 개미 밥이 되느니
껍데기로 남아
나무 비늘에 붙어
제 몸통이 부르는 노래
귀를 세워 듣고 있다

강진康津

섬 같은 육지 남도 천 리 길
길은 엉클어져 나뭇가지처럼 가늘고 길다
죽어서도 관을 벗고 간다는 청잣빛 유형지
불티재를 넘어 월출산을 지나면
바다가 청록빛으로 피어난다
폐장된 해변은 지난여름 이야기를 담고
섬들은 가장 낮은 곳에서 얼굴 내밀어 인사한다
고금도, 조약도, 초완도, 가우도
멀고도 가까운 완도, 진도
여기선 져굼섬이라 하고 외지 사람은 다도해라 부른다
바다가 퍼다 놓은 떡고물 같은 모래
마량 방죽 밑 자그마한 섬마을 학교
외발이 소사 종소리가 논둑길 가로질러 오면
아이들은 발걸음을 재촉한다
수줍던 여선생은
오동나무 가지에 풍금 소리를 걸어놓고 떠나고
때늦은 바람이 건반을 두드린다
외갓집 뒤뜰 노을에 물든 홍시
외눈박이 뱁새가 빈집을 지킨다
남쪽 바다를 부르면 서쪽에서 대답하는

풋나락 같은 사람들
섬을 보고 떠난 사람 섬을 보고 돌아온다
더 갈 곳 없는 끄트머리
파도만 처연하게 울고 있다

페이지 터너

오직 한 사람을 위해
숨은 음표들을 불러와 연주를 재단한다
골무 낀 손가락이 날렵하게 악보를 훔친다
무지개를 따라 호수를 찾아가는 유랑자
헛디디지 않게 길을 잡아주던 손
분홍빛 드레스 무희의 춤도
목청껏 부르는 저 마돈나 절창도
천둥 같은 비바람의 격정도 그에게는 무심하다
음표 길을 더듬고 가는 흰 지팡이
오늘따라 음표에 날개가 많아
손가락은 악보를 읽기 바쁘다
음표를 주워 담아 앞과 뒤를 이어준다
습관처럼 리듬 따라 좌에서 우로
혼자 젓는 뱃사공처럼 음을 젓는다
악보를 읽고 평생 잉크 없이 필사하는 필경사
연주가 끝나고 커튼이 내려지면
환호와 찬사를 뒤에 두고 조용히 빠져나간다
먼 훗날 내 오월의 무대처럼

폐사지廢寺址에서

절이 사라지고 터무니만 남았다
절은 절을 벗고 절로 돌아갔다
참 터무니없는 일이다

자연으로 가 본래면목本來面目한 것이 아닌가
수억 년 전 운석의 기억으로 돌아가
별똥별 울음소리 흩어져 있다
한때는 부처의 감옥이었던 돌덩이들
언제 적 언어일까
경계를 지우고 있는 돌들
설법 대신 바람 소리 새소리 풀벌레 소리
스스로 터득한 경구를 담고 있다

왜 그리운 것들은
자연이 되고서야 본색을 드러내는 걸까
다시 돌아가지 않으려고
절은 사라지고 절로 남았다

바나나

나무라 하자니 허접하고
풀이라 하자니 웃자란 식물
도포 자락 펄럭이며
파초의 꿈을 간직한 남국의 신사
제법 붉은 꽃대를 피워 올려
꼬부라진 손가락으로 허공도 움켜쥐지 못하고
어쩌다 이곳까지 와
가련히 늙어 노랗게 후숙되고 말았을까
한때는 과일 바구니에
마음 보탤 수 있었던 귀한 몸
지금은 커피 한 잔 값이 그대 몸값
한 가닥 뚝 떼서 보면
몸집이 잔망스럽고 엉큼스러워
저절로 웃음이 나는 과일
손가방에 쑥 넣고 어디론가 떠나고 싶다

동행

발칸반도에서 만난 청년
배낭에 하얀 강아지를 넣고 다닌다
내 손을 핥는 강아지 혀로 호기심을 내려놓는다
배낭에서 바라보는 세상은 늘 뒤편이다
등으로 감지하는 표정
순백의 목덜미에 염려가 걸려 있다
구속인지 동행인지 둘은 줄 하나로 묶여 있다

문득, 아내 생각이 난다
나 또한 목줄 하나 걸어두고 온 건 아닌지

천 년 묵은 크로아티아 성벽에
손바닥 하나 꾹 찍어놓고 돌아서는 길
서로에게 묶이는 일은 아직 함께라는 일
헐거워진 마음 다시 당겨 묶어본다

오늘은 정모 날

내 친구들은 늙은 거미들
정모 날이면 종로 피맛골로 모여든다
소주를 빨대로 빨아 먹는 빨대가 먼저 와있다
낙지 발은 둥그런 탁자에 눌어붙어 있다
노화백은 벽에 기대어 비스듬히 모델 포즈다
삼천 원 커피값 이십 년째 수표로 내미는 만년 수표 교수
는 매번 늦는다
호시탐탐 내 주머니만 노리는 그들은 나를 봉새라 부른다
꼬깃꼬깃 비상금은 회비로 보내고
늙은 거미들에게는 아침 이슬이 청량제다
흐름 밖에서 서성일 때면 이미 한 순배의 술잔이 돈다
그들의 너스레는 몇 번이나 들었던 뻔한 레퍼토리
이번엔 LA에서 온 가물치가 육 연발 총을 든다
여자 몇을 죽였고 아직 총 맞을 여자들 즐비하단다
이야기 속 여자들은 매번 탄성을 지르며 죽어간다
낙지 발이 회오리 친 소주를 시계 방향으로 돌릴 즈음이면
종족들은 주류와 비주류로 갈라진다
간암 수술한 벽치기는
곰쓸개를 삼켜가며 칠 년째 술을 즐긴다
오늘은 뻘덕게가 사겠다고 게거품 내더니 삼십육계를 했다

땅거미가 진 지 오래

총알은 헛방만 날리고 여자에게서 정치로 이야기가 바
뀔 즈음

시나브로 빠져나간 방에는

몇 달 전 상처한 코뿔소만 혼자 남아있다

집까지는 꽤 먼 길이다

도시로 간 낙타

척박한 모래땅을 택해
태양에 도전장을 내민 위대한 종족
대적할 뿔이나 사나운 이빨 휘날리는 갈기도 없이
사막에서 지탱할 수 있었던 것은
꿇을 줄 아는 무릎을 가졌기 때문이다

낙타가 사막을 떠나지 못하는 것은 어린 영혼 때문이다
주인 무덤에 제 어린것을 순장한 모래땅
웅크리면 어둠이 되는 적막이 그의 집이다
모래사막을 헤쳐갈 두 가닥 발가락
덮개를 쓴 벌렁거리는 코
폭풍을 거슬러 볼 수 있는 두 겹의 속눈썹
목마름을 채우는 두 개의 혹을 단 그는
바람이 쓸고 간 무늬 위를 텀벙텀벙 노 젓듯 걸어간다
전생부터 생의 터울을 알아차렸다면
그는 진즉 사막을 버리고 초원을 향해 달려갔을 것이다

마두금 소리를 따라온 그는
빌려준 뿔 아직 돌려받지 못하고 지하 방을 전전하고 있다
오늘도 경로석에 웅크려 졸고 있는 어리석고 슬픈 즘생

전동차 문이 열리자
서투른 걸음걸이로 바람 드센 미세먼지 속으로 사라진다

상오上午

어제의 피로가 아직도 몸에 붙어
떠나지 않는 나른한 시간
마음은 하루 중 가장 맑고 비어있는 시간

마른 가지 사이로 번지는 햇살
풀잎은 이슬을 털고
새는 눅눅한 날개를 펴는 시간이다
미처 선점하지 않고는 잃어버릴 것 같은
욕망이 움트는 시간이다

일자리를 찾지 못한 날품팔이는
미납 고지서를 받아 들고 빈 지갑을 만지는 시간
노숙자는 골판지를 걷어내고
폐지 줍는 노인은 골목을 돌아 나오는 시간이다

건너편 펜트하우스 창가 여인이 한갓지게
텀블러를 들고 내려다보는 시간이다

이미 짐을 지고 가는 가장들은
방향을 틀어 선회할 수 없는 시간이다

눈물 꽃

봄에는
눈물도 씨앗 같아
어디에 심을까 하다가
비슬산에 올라
첫사랑 닮은
바위에 심었더니
가뭄에도 더 짙게
눈물 꽃 하, 설워라
사방을 두리번두리번
한 발짝 내딛다가
빗물처럼
후둑 후두둑 떨어지는
눈물 꽃

제3부

굄돌

생각도
무게가 있다

턱 괴고 있으면
내가 나를 받치고
있는 것 같다

뒷짐을 지고
걸으면
내가 나를 업고
가는 것 같다

마음을
받치고 있는 것은
허공일까
그분일까

무인 등대

만석동 괭이부리마을
한갓진 곳
먼 하늘 우러러보며
진종일 기다리는
시붉게 녹슨 우체통
간간이 바람이나 드나들고
구름이나 기웃대고
엽서 같은 낙엽이나 날아든다
너도 한때는
그리움에 굶주린 이들 가슴
붉게 물들이던
세상의 빛 아니었겠나

밑줄을 긋다

붙잡고 싶은 문장에 밑줄을 긋다가
세상 살아가는 모든 것들이 긋는
밑줄들을 떠올려본다
파도를 파종하는 바다
이랑 같은 하얀 밑줄을 그었다 지웠다 하고
먼 길 가는 기러기는
밤도와 하늘에 밑줄을 긋고
황소는 묵은땅 갈아엎어
굵직하게 밑줄을 긋는다
나무는 수직으로 하늘만 보다가
누운 다음에야 밑줄을 긋는데
내 언더라인은 어디쯤일까

어디 계실까

안면도 쇠죽마을 언덕바지
목장 헛간을 개조한 열 평 남짓한 예배당
창을 넘어온 달빛이 군불을 지피면
미지근한 바닥에 방석 몇 개 앉아있다
목사 부부와 두 살배기 아들
해수욕장에서 빈 병 줍는 노인
바닷물에 쓸려 온 미역을 줍는 노파
손 없는 집 성도는 모두 다섯
모내기 돕다가 늦어지는 저녁 예배
물때 맞춰 일손 돕느라 가끔 거르는 새벽 기도
독거노인이 낸 헌금, 다시 노잣돈으로 부조하고
풍금 치던 앳된 사모는
아이를 문설주에 묶어놓고 날품 갔다
하나님은 어디 계실까

쇠똥구리

남대문 시장 미로 같은 좁은 길에
늙은 짐꾼 지게 한가득 짐 지고 간다
일사후퇴 때부터 자유극장 뒷골목
양지바른 곳에 터 잡고
유기전, 포목전, 시전, 산전수전 거쳐오는 동안
지게를 버리지 못하고
평생 밥이 되어줄 짐을 기다린다
찬밥 덩이로 시장기를 덜며
자라처럼 목을 길게 뽑고 두리번거린다
잘해야 하루에 한두 건
식구의 입이 저 굽은 등에 걸려 있다
오늘도 마지막이 될지 모르는 생을 굴리며
짐이요, 짐!

터널

아침마다 터널을 건너간다
어둠에 찍힌 수많은 길의 족적
헤드라이트는 몇 겹의 어둠을 밀고 빛을 향해 달린다
스치는 공명은 터널의 울음
바퀴들은 모두 그 소리를 듣는다
서늘한 기운이 목덜미에 달라붙는다
어둠의 종족은 슬하에 울음을 거느리고
출산을 거듭하는 바람만 들락거리며
끈질기게 기억을 번식시킨다
아침의 입구가 출구가 되고
출구가 입구가 되어 돌아오는 길
성대가 발달한 바람만 자유롭게 드나든다
원을 그리다가 멈춰버린 반달형 천장
곡선은 늘 수평을 내려다본다
가까운 곳이 가장 먼 곳
이곳에서는 보폭 좁은 잰걸음이 좋다
어둠 속 하루의 족적을 남기고
긴장을 뚫고 개화의 꿈이 열린다

아마도

마음속 깊은 곳에 있는 그 섬
쪽배를 타고 종일 가도 보이지 않는
가깝고도 먼 환상 속에 숨은 섬
한 번도 가보지 못했지만
여처럼 잠겼다가 불현듯 나타나
내 속 헤집어놓고 사라지는 섬
그 섬에는 가시나무가 많아
오랜 슬픔이 박혀 있지요
드러내고 싶지 않은 부끄럼, 치부하기에는
내 남은 시간 턱없이 모자라
기억 너머에 머물고 있지요
아이를 두고 떠난 어미
내가 모르는 사정 있었겠지요
아마도

처녀

프랑크푸르트 호젓한 맥줏집에서

그곳 종업원이 어눌한 말투로

아내에게 하는 말

어서 오세요 처녀님!

누가 짓궂게 가르쳐 준 우리말

여자가 제일 좋아한다고 알고 있는 말

이국에서 들으니 민망하고 새롭다

까마득히 잊고 있던 말

귀엽고 낯 붉어지는 말

수줍은 말

무슨 꽃 이름 같은 말

지금은 숨은 말

들어도

다시 듣고 싶은 말

눈동자

군인이라고 어디 각진 삶만 살았겠는가
때로는 부드럽고 굴곡지기도 했다네

나 스물넷 청년 장교 시절
월남 꾸멍고개 너머 빈탄마을 뒷산
으슥한 밀림 속으로 수색 작전을 나간 적 있었지
칠흑 같은 밤에 적군과 딱 맞닥뜨렸어
그는 총을 메고 있고 나는 겨누고 있었지
한 걸음 물러서지도 못하고
얼어붙은 몸으로 공포에 질려있는 눈을 보았어
생사의 갈림길에 서있는 미소년
검은 눈동자 속으로 깊숙이 들어와 박혔어
총알에도 눈이 있는지
차마 방아쇠를 당길 수가 없었지
생포는 귀찮은 짐이 되어
서로 사슬에 묶여 정글을 헤쳐 나왔어

이제는 나와 엇비슷하게 늙어가고 있을 소년
지금은 어디서 뭘 하고 있을까
나는 그날의 긴장으로 이제껏 살아왔어
또 그런 마음으로 시를 쓰고 있어

널배

엔진도 돛대도 삿대도 없이
한 발로 상앗대를 저어 뻘 위를 미끄러지는
민달팽이 인생들
가을걷이 끝나면 벌교 장도 여인들은
갯벌에 나가 젖살이 오른 꼬막을 잡는다
볏단 위에 올려놓고 널뛰던 널판때기
그 널판에 배를 깔고 꼬막을 줍는다 밥을 줍는다
저어새 부리처럼 촉감으로 바구니를 채운다
갈매기들 비럭질을 끝내고 돌아갈 때면
널판이 낸 길을 따라 돌아와야 한다
밀물과 널배의 한판 승부가 남았다
손으로 긁어놓은 상형문자를 지우려고
먼 곳에서 바다가 달려오고 있다
한낮이 시들어간다
여인들이 긴 그림자를 끌고
널배와 함께 귀가를 서두를 때
세상 모든 길은 바구니 속에 있다

강선마을

1

보부상 강둑길 하얀 들판에 우뚝 선 외봉우리 고봉산이 있어 원 마운틴 일산一山이라 불렀다 그 산에는 다래나무가 많아 시냇물 소리가 달게 흘렀다

처음 경남이네가 오더니 삼환, 유한, 삼부 형제가 뒤따라오고 이편한세상이 오고부터 대나무밭처럼 촘촘히 아파트가 들어서 늘푸른세상이 되었다

2

아파트 입구 양변 벚나무는 해마다 푸지게 꽃을 피웠다 자폐아 어미는 일벌처럼 직장에 나가고 아이는 눈이 온다고 뛰쳐나가다 차에 치였다 부녀회에서 나무를 베어버리자 하고 일부에서는 도로 안전 턱을 만들자 했다 그 후 차들은 고삐를 바짝 당기고 다녔다

3

단지별로 칠일장이 섰다 생선 아줌마는 갈치처럼 뻐드렁니로 뻐끔뻐끔 물고기 소리를 내며 칼춤을 잘 추었다 건어물 몸뻬 바지는 절인 고기를 걸어두고 연신 주전자 물을 들이켰다 야채 아줌마는 마늘쪽 같은 손으로 옥수수수염을

잘 잡아당겼다 과일 아줌마는 토막 낸 바나나를 행인들 입
에 넣어주었다

4

노란 차가 병아리들을 태우고 가면 뒤따라 요양병원 도
우미가 아침 길을 서두르고 정오가 지나면 헌 티브이나 컴
퓨터를 데리고 가겠다고 고물차가 고함을 쳤다 해 질 녘이
면 월남치마가 아바이순대를 파느라 단지 입구에 가판대를
펼쳐놓았다 주일이면 상가 옥탑 십자가가 눈을 뜨고 성도의
통성기도가 창문을 비집고 나와 가로수 길을 건넜다

5

오늘도 101호 치매 할머니는 진종일 입구 쪽 의자에 나
앉아 오가는 행인들을 쬐고 있다 강선마을은 천천히 걸어
야 속살이 보인다

음지말

고향 똘뱅이 형은
우두커니 서서 종종 바다를 훔쳐보거나
손가락 펴고 하늘을 재보는 버릇이 있었다
추수가 끝나면 사랑방에서 한 해 머슴들 새경을
귀신같이 빼 오는 재주가 있었다
그가 서울로 올라온 것은
과붓집 방문을 열다가 작대기 세례를 받고서였다
내가 서울에 왔을 때 맨 먼저 가방을 받아주던 형은
깜장 돌이 나온다는 한강 변 산동네에서
허구한 날 하숙방을 전전하며 속임수 노름을 하거나
길거리에서 야바위를 하고 있었다
형의 성수기는 방학 후 돌아오는 학자금과 하숙비를 노
리는 일
나는 하릴없이 화투 뒷면에 형광 점을 찍거나 꾼들 잔심
부름을 했다
형이 사기죄로 잡혀간 후 나는 한강을 건넜다
종종 용산 동부이촌동에서 강 건너를 바라보곤 했다
유혹이 갈대처럼 무성해도 다시는 강을 건너지 않았다
눈이 쌓여도 녹지 않던 차디찬 음지말이 생각나는 것은
거기서 가난의 페달을 멈추고 마침표를 찍었기 때문이다

그 후 승화원에서 다시 만났다
백발이 된 그는 피붙이를 만난 듯 반겼다
얼굴은 강변에 지는 노을처럼 평화롭고 온화했다
그는 봄볕 같은 미소로
별로 가는 영혼을 배웅해 준다고 했다

꼬리

프라하 블타바 강가
할머니를 따라 나온 강아지
깡통을 앞에 놓고 지팡이가 쉬는 동안 구걸을 한다
강아지를 보니
집에 두고 온 애완견 말순이가 생각나
동전을 주고 머리를 쓰다듬었다
연신 흔드는 꼬리에 말을 달았다
노인은 구걸을 하고
강아지는 구애를 하는지도 모른다
칭얼대며 안기고 싶은 마음 감추고
수면을 찢고 나온 저 천진한 눈
동전 소리를 기다린다
오늘은 블타바강 까를다리
내일은 프라하 광장에서 묵도할 저 방랑자
구걸은 강아지 꼬리가 한다

돌

아비는 평생 청승을 달고 사셨다 석수장이였던 젊은 날
에 육신을 벗었다 염습할 때 보니 손에 돌멩이 하나를 꼭 쥐
고 있었다 나는 유품인 돌멩이와 같이 살았다 하굣길 운동
장 미루나무 그늘이 길어지면 동무들은 모두 집으로 가고
나 혼자 주머니 속 돌멩이를 만지며 놀았다 진력이 나면 단
짝 친구인 뒷집 살짝곰보 행심이를 불러내었다 밤늦게 집
에 돌아오면 퀴퀴하고 냉한 내음이 식구 대신 나를 반겼다
주머니 속 돌멩이는 모가 나기 시작하더니 주머니를 뚫고
나와 여기저기 굴러다니기도 했다 행심이는 육자배기를 즐
겨 부르던 엄마를 따라 대처로 갔고 이듬해 돌멩이도 도시
로 굴러갔다

이곳저곳을 구르며 거추장스런 고집과 자존심을 내려놓
았다 어느 날 돌연히 돌멩이는 사라지고 없었다 그 후 나는
아버지가 되었다

돌아보다

그대 걸어온 뒤안길이 그립거든
어느 호젓한 산에 올라
바람 부는 능선에서 참호를 파고 청춘을 보낸 것을 기억하라
격동기를 걸어온 흔적
포성이 퇴적된 강가에서 낯을 씻고
마음 가벼워지거든 아침을 노래하라
누군가 묻거든
다시는 못 올 유배지에서 청잣빛 그리움으로 대답하라
한곳으로 흐르는 높새바람같이 달려왔다고
혹 미련 남아 젊은 날이 생각나거든
그리움 뒤편 몬타나촌 꾸멍고개에
토굴을 파고 들어가 한 백 년을 살다 돌아오라
그때는 신앙처럼 간직한 부끄러운 훈장과 제복을 가장 먼
저 버려라
눈물이 흐르거든 생의 호젓한 길섶에 슬픔 거둬두고
시베리아로 가는 열차를 타고 극지에 구상나무를 심고 오
너라
오는 길에 백두까지 흐른다는 아무르강가에서 목을 축이고
피안으로 날아간 새 한 마리에게
고요보다 적막한 네 영혼 한쪽을 던져주어라

생은 우물 속에 비친 구름처럼 잠시 머물다 가는 것
남아있는 흔적일랑 어느 밤하늘에 흩뿌리고 가거라
혹 남은 것이 있다면
그때는 목울대를 울리며 그대 시를 읊으라

제4부

하현달

으스름 달빛
옷깃 여밀 정도로 추운 날
어린 나를 두고
새로운 둥지로 날아간 어미를 찾아
초롱초롱 밤길을 걸어갔다
어디쯤일까
주머니 속 설렘을 만지작거리던
예닐곱 나어린 것
꼬막손 녹여 줄 어미 그리워
망설임을 밟고 가던 밤길
문지방 앞에서 차마 기척 못 하고
하현달만 등에 지고 돌아왔다

구순이 넘은 어미
요양원 서쪽 창가에 누워
아들인 듯 하현달만 쳐다보고 있다

쩍벌남

전철에서 양다리를 쩍 벌린 사내
하이힐에게 제대로 차였다
쩍 벌리는 게 남자답다는 허세
저 위험하고 불안한 각
각에 밀리다 밀리다
결국 화산처럼 폭발한 그녀
불룩한 중심
차이면 질그릇처럼 깨지기 쉬운 급소
그곳은 씨앗을 간직한 또 다른 집
그녀가 휴대폰이나 가위를 들이대면
잭나이프처럼 잽싸게 닫힐
빈약한 성

북위 57도를 지나며

사월의 보리밭보다 더 파란 바다
하얀 유람선이 그림자를 달고 미끄러진다
오셀로에서 코펜하겐을 오가는 뱃길
바다의 길목에 차단기가 내려져
바람의 숨결이 고르다
만년설이 만든 피오르
나는 백야를 걷는 중이다
바다에 수장된 별들은 청어의 푸른 눈 속에서 빛나고
아직 회귀하지 못한 연어가 바다를 떠돌고
피지 못한 욕망이 잠영을 한다
너무 멀리 떠나온 나는 까닭 없이 모국어가 그립다
뱃전에 앉은 아내는 옛날에 잠겨있고
한 무리의 생각들이 유실되어 간다
물 위를 둥둥 떠다니는 생각의 섬들
하루에 사계절이 지나간다
북위 57도를 지나며 추억은 더 명징해진다

비망 일기

앳된 초급장교 시절 월남전에서
첫 임무로 병사 일곱 명을 데리고
적이 지나는 길목에 야간 매복을 나갔다
안개가 늪으로 번지는 몬타나촌 습지
무덤이 될지도 모르는 곳에 호를 파고
눈썹까지 하얗게 질리는 공포를 견뎠다
이른 새벽 갈대숲 사이로 수상한 발자국 소리
저벅저벅 예측할 수 없는 생사의 기운이 감돌았다
접근 거리에 다다르자 오 분 만에 모두 쏴버린 일제사격
초연이 걷힌 후 절명의 소리가 들렸다
어림잡아 1개 분대는 눕힌 것 같았다
훈장이 어른거리고 포상 휴가가 당겨왔다
지표면에 깔린 안개가 걷히고 여명을 기다리는 동안
숨골이 멎고 시간은 한없이 길었다
날이 밝아 수색을 하니
아뿔싸, 지나가는 물소 떼를 잡았다
전공보다 양민을 보호하라 했는데
되돌릴 수 없는 실수
하루아침에 전장의 범죄자가 되어 법정에 섰다
잡혀 온 포로처럼 불안했다

판결이 나왔다
남십자성 무량의 달빛이 환했다

뿔

뙤약볕 홍성 오일장
밀짚모자가 난전에 떨이 참외를 팔고 있다
노인도 참외 꼭지도 녹지근하다

엉거주춤 파장 떨이꾼이 싱겁게 묻는다
이 참외 팔 거유?
긍께 내놨것지유
얼만디유?
까짓 거 대충 줘유
앞서 사람은 파란 거 나수 주고 갑디다
꼬리를 바짝 쳐든 손님, 딴청 부리는 노인
만만찮은 뿔이다
맛있어유?
별맛 있것슈 참외가 참외 맛 나것지유
좀 깎아줘유
냅둬유
소나 갖다 맥일래유

두 사람이 떠난 자리
팽나무 그림자 뿔처럼 돋아나 있다

86

벌

소공동 백화점 화장실 소변기
쏘면 닿을 곳에 벌이 붙어있다
수년 만에 아버지 산소에 벌초 갔다가
이제야 왔냐고 내 이마를 쐈던 고놈
여기까지 날아와 나를 쏘아보고 있다
볼일을 보는 동안 잡아야 할 손이
하초를 놓치고 앞을 휘휘 저었다
꽃에 물 주듯 근거리 사격
조준이 어눌하여 위를 보는 순간
'흘리지 말아야 할 것은 사나이 눈물만이 아니다'
라는 문구에 냉큼 한 걸음 당겼다
어쩐지 쏘일 것 같아 찔끔찔끔하다가
아래쪽을 단단히 버티고 속사포를 쐈다
벌이 달려들세라 냉큼 돌아서
부랴부랴 지퍼를 올렸다
언제쯤 날아갈까
저 벌

달빵

추석이 지나고
애들은 제자리로 돌아갔다
아내와 둘만 남은 쌀쌀한 저녁
호수공원 벤치에 나란히 앉아
잘 익은 달을 쳐다본다

구름 뒤에서 불쑥 고개 내미는 달, 아내는
옛 기억이 부풀어 올라
한 입 베어 물면 차지고
달달할 것 같아 먹음직스럽단다

아내가 불쑥 한마디한다
저 달 다시 이지러지겠지?
난 안 갈 거야,
밑도 끝도 없는 한마디
거기가 어딘지 나는 안다

달을 나눠 먹고 돌아오는 길
구름 너머로 새 달이 돋고 있다

떼울음

봄을 타고 아랫녘에서부터 음산한 구제역 기운이 올라오고 있었다 인적 드문 아침가리골 상수네 축산 농장 칠십 마리 돼지도 매몰하라는 통보를 받았다 첫 출산을 앞둔 만삭인 토종 씨돼지도 있었다

한밤중 씨돼지에게 산기가 왔다 불빛 아래 거친 숨을 몰아쉬던 어미, 새끼 일곱 마리를 낳았다 쇠고기 미역국을 가득 부어주었다 눈도 못 뜬 채 젖을 빠는 새끼들 날이 밝으면 어미와 같이 생매장된다는 걸 알고나 있을까 어미는 새끼들을 품고 기진맥진 잠이 들었다

날이 밝았다 떼울음 소리가 산을 울리고 축사를 잡고 흔들었다 씨돼지는 앞발로 버티고 자꾸만 뒤를 돌아보았다 비명을 실은 트럭에 상수 부부의 울음도 같이 실려 갔다 상여 떠난 상갓집처럼 적막했다

텅 빈 축사를 물끄러미 바라보다가 산실 가림막을 무심코 젖혔다 어미를 따라나서지 못한 새끼 세 마리가 어미젖을 찾느라 주둥이를 여기저기 갖다 대고 있었다 어룽거리는 어린것들을 상수 부인이 얼른 치마로 감싸 안았다

아뿔싸,

귀를 후비다가 면봉 끝이 끼었다
대수롭지 않게 여겨
바위에 붙은 석이처럼 그냥 두었다
어느 날 천둥 치는 소리가 나 급히 찾아간 병원
접수창구에서 묻는 말 들을 새도 없이
건성으로 대답하고 진료실로 들어갔다
의사가 정중히, 어디가 아프신가요
후볐더니 구멍이 막혔습니다
구멍이 막혔다고요? 그럼 벗어보세요
벗으라고요?
번뜩 정신이 들어 둘러보니
그때서야 벽에 붙은 오묘한 그림이 눈에 들어왔다
아뿔싸, 두 구멍이 헷갈려
비뇨기과를 이비인후과로 알고 잘못 들어간 것이다
정신을 차리고 나와 간판을 찾는데
귓구멍은 벌집처럼 왕왕거리고
병원 간판들이 모두 구멍으로 읽혔다

오두막 성전

그분 어릴 적 미아리에서 살았다
길음동 뒷산 채석장에 올라
비에 옷 젖는 줄도 모르고
마냥 즐거웠던 시절
이곳에 움막을 짓기로 했다
막대기를 주워다 뼈대를 만들고
골판지, 슬레이트, 떨어진 장판지로 지붕을 덮어씌우니
폭신한 자리 그럴듯한 집이 되었다
기도도 하고 성경도 읽고 숙제도 하다가
진력이 나면 집으로 돌아왔다
방치해 두었다가 며칠 후에 갔더니
길고양이가 새끼를 낳아 살고 있었다
가만히 보니
레바논 백양목 집보다 좋고
솔로몬 궁전보다 아름다운
오두막 성전이었다

그날,
처음 부임한 앳된 송병관 목사 설교는
페르시안처럼 그윽하고 포근했다

필명

어느 문우가 필명을 '날필'이라 지었다고 그렇게 불러달
란다 글 잘 쓰면 되었지 필명은 무슨 필명이냐고 이름 앞에
품격을 높이려고 아호, 작위, 닉네임을 붙인다지만 이름 바
꾼다고 글이 달라지냐 했더니 필명이라도 좋아야 글에 날개
를 달고 하늘을 날 것 아닌가 한다

우리 집 강아지 이름이 말순이인데 말띠인 나를 닮으라
고 지어준 이름, 이놈이 주인 못된 것만 빼닮아 여름 소나
기처럼 변덕이 심하고 사납기가 고양이 발톱 같고 고집이
코뿔소 같다 그래 할 수 없이 좀 순해지라고 양순이라 바꿔
부르니 제 이름 놔두고 다른 이름 부른다고 주인을 꼬나보
며 옴팡지게 짖어댄다

홍낭자

토방 위
흙 바람벽에 걸린 꽈리 타래
소년을 훔쳐보다 들킨 소녀처럼 연붉다

파란 꿈
한여름 지나면 봉오리가 생겨 손을 탄다
시큼하고 까칠한 앳된 소녀
볼그스레하고 탱탱하게 영글어
다홍빛 실루엣을 입는다
살근살근 벗기고
입김을 넣어 지그시 깨물면 꽈~
얇고 예민한 소리 뱉어낸다
성급히 덤비다 보면 쉬 터져버린다

꿈도 펴지 못한 홍낭자
흙 바람벽에 걸려
무슨 말인지 얕은 바람에도
살그락살그락 속삭이고 있다

창호지

문살에 그리움 한 잎 피었다

입동이 가까우면
낡은 창호지를 뜯어내던 외할머니
세상 때를 벗겨내고
단풍잎으로 새 무늬를 넣었다

혼자 놀기를 좋아하여
그늘만 찾던 어린 굴뚝새는
안팎을 가르는 한 장 얇은 창지에
떠나는 어미를 지켜보던
어린 까치발을 묻었다

눈물을 받아먹던
빈 창은 언제나 공복이었다
환한 창문에 손 구멍이 났다
그곳으로 눈이 드나들었다

기다림도 나이가 들어
가만히 귀 기울여 보니

문살 틈에 낀 울음
바람 불 때마다 흐느끼고 있었다

가락지

누님이 시집가서 받은 가락지 남편 여읜 후에도 그 반지 끼고 살았다 논밭일, 집안일, 물일 도맡아 하더니 부풀어 오른 손가락이 반지를 꽉 물고 놓아주지 않았다

찔레꽃 피던 어느 봄날 가슴 답답하다 하더니 결국 호스피스 병동에 입원했다 링거 맞는 팔, 손가락에 끼워진 가락지, 임종 후에도 손가락을 떠나지 않고 단단히 물려 있었다

그 반지 낀 채로 저문 넋을 찾아가려나 했더니 골분과 함께 반지만 남았다 누님 일생 가시나무 삭정이를 꺾던 슬픈 손, 정작 남편을 만나러 가는 길, 손가락은 가락지를 놓아주었다

뿔소라의 꿈

그의 조상은 섬의 성주
튼튼한 성을 쌓고 망루 같은 뿔을 달았다
상어 이빨로도 물어뜯을 수 없는 사나운 뿔
입구에는 아무도 들어설 수 없게 대문을 달았다
성 안은
수레도 들어가지 못하는 나선형 미로
천장에는 편복蝙蝠도 날 수 없는 침묵이 흐른다
촛대를 들고 지하 계단을 내려가면
좁은 문에 미주알이 막혀 있다
고요한 심해에서 종종 문을 여는 그는
뿔 위에 올라 유영하기도 하지만
동굴 문이 닫히면 알리바바 주문을 외워도
똬리를 틀고 나오지 않는다
그도 언젠가 성을 빠져나와
햇살 아래 풀벌레 울음소리로 옷을 지어 입고
뿔을 굴리며 들판을 달리고 싶을 것이다
작은 일에도 쉽게 뿔을 세우는 나처럼

불량 아빠

아내는 관사 뒤꼍에서 키운 토마토를 설탕에 재워두었다
가 퇴근하면 손님인 양 내게만 주었다

신발장 위에 놓인 요구르트, 아내는 애들에게 아빠 약
이라 했다

늘 머리맡 제자리에 놓인 비스킷은 한 번도 손 타지 않았다

지금도 부르면 공손히 다가와 앉는 아이들

그때의 나보다 더 나이가 들었다

이제껏 한번 무릎 위에 앉혀본 적 없는 나는 여전히 불
량 아빠다

실존적 형식으로서의 시간에 대한 지극한 헌사
―최태랑의 시 세계

유성호(문학평론가, 한양대학교 국문과 교수)

1. 불가피한 생의 형식으로서의 시간

인간의 의식이 '시간'이라는 실체를 정확하게 포착하고 표상하는 데는 일정한 한계가 있을 수밖에 없다. '공간'이 구체적인 지각 작용에 의해 파악되는 형식인 데 비해 시간은 한결 추상적인 개념 형식을 띠고 있기 때문이다. 더구나 언어라는 매개를 통해 표현하고자 할 때 시간은 한결 더 추상화되어 간다. 그래서 한 편의 서정시에서 시간에 대한 경험은 대개 비유 형식으로 표현하기 일쑤이며, 독자들 또한 추상도가 높은 개념보다는 구체적인 형상을 통해 '마음속의 상(心像)'을 그려볼 수 있을 뿐이다. 그런데 시간 형상은 그것을 표현하려는 주체의 경험적 편차에 따라 매우 다양하게 변화해 간다. 가령 그것이 집단적 시간의 흐름을 말하는 '역사'일 경우에는, 대개 강이나 산 같은 자연 형상을 통해 그 면면함과 지속성 그리고 수직성의 성격이 강화되어 왔다. 또한 일상적 시간의 축적인 '세월'의 경우에는 육체의 변화나 달라진 주위 풍경을 은유적 매개물로 활용해 왔고, 그것이 '신화'처럼 일종의 신성 층위에서 발원하는 시간 개념일 경우에는 빛이나 화석 같은 불가사의한 실재實在들을 끌어들이기도 하였다. 그만큼 시간은 오감五感으로 대표되는 지각으로는 잘 포착되지 않으면서도 수많은 매개 형식을 통해 민감하게 경험되는 가장 일차적인 생의 형식인 셈이다.

최태랑 시인의 두 번째 시집 『도시로 간 낙타』(천년의시작, 2019)는 그가 치러왔던 실존적 형식으로서의 시간을 저류底流에 숨어 흐르게 하고 있으며, 그러한 열정을 통해 정신적 깨달음의 차원으로 나아가는 시인의 자기 긍정 과정을 보여 주고 있다. 그 안에는 시인 스스로 오랜 시간을 뒤척이고 가다듬으며 갈무리해 온 시적 지향의 궁극적 결실이 매우 명료하게 들어차 있다. 말하자면 그것은 젊음의 고뇌가 가지는 무거움에서 노경老境의 국량局量이 가지는 가벼움으로, 거듭 되새겨지는 실존의 상처에서 새로운 인생론적 해석으로 그 방향타를 선명하게 바꾸고 있다. 그만큼 이번 시집은 뭇 사물들을 안으로 포용해 들이는 시인의 심원한 내면과 함께, 세계를 응시하고 받아들이는 시인의 원숙한 시선이 잘 어우러진 성과라 할 것이다. 그렇다면 최태랑 시인이 우리로 하여금 불가피한 생의 형식으로서의 시간을 경험하게끔 하는 매개물에는 어떤 것이 있을까? 물론 시간의 풍화를 겪는 사물들 모두가 이에 해당될 것이다. 그 가운데서 최태랑 시인은 자신의 달라진 육체적 리듬이나 기억 속에 인화되어 있는 구체적 사물들 혹은 거리의 낯설어진 풍경 속에서 시간의 비의秘義를 읽어내고 그 과정을 형상화하고 있다. 그 과정에서 시인은 때로는 깨달음을 때로는 회한을 때로는 비애와 쓸쓸함을 토로하고 있는 것이다. 이제 그 세계 안으로 들어가 보도록 하자.

2. 시적 자의식을 알려 주는 선명한 표지

서정시가 구현하는 '시적인 것'의 함의는 대상 자체의 재현이나 주체의 내면의 토로 이상의 어떤 것에서 찾아지게 마련이다. 많은 이들은 한 편의 완결된 서정시 속에 담긴 소우주를 경험하면서 자신의 육체 속에 빛나는 경험 하나를 각인하게 된다. 그래서 그 안에 담긴 '시적인 것'은 대상 자체에 대한 사실적 정보도 아니고 그것을 해석하는 주체의 신념 또한 아니다. 그것은 주체와 대상이 하나의 정황(context)에서 만나는 관계 양상을 언어적으로 창조해 낸 구성물일 뿐만 아니라, 거기에 배타적 세계를 담아낸 하나의 '소우주(microcosmos)'이기도 할 것이기 때문이다. 최태랑 시인은 그 소우주 속으로 자신의 시적 자의식을 힘차게 불어넣고 있다. 말하자면 '시인 최태랑'이 이번 시집의 가장 중요하고도 일차적인 목적어가 되고 있는 셈이다.

> 누가 말끝에 씀, 하고 붙여 주면
> 그 씀이란 말 듣기 좋다
> 말에 씨가 붙어
> 싹이 나고 잎이 나
> 열매가 맺힐 것 같은 말
>
> 쓰면서도 궁금한 씀이란 말
> 쓰임이 있다는 말인지
> 쓴 약 같다는 말인지
> 써서 남겨야 한다는 말인지 모르지만
> 해찰 부리지 않고 살다 간 생각의 사원
> 왠지 스스로 귀해지는 말이다
>
> 나만 알 수 있는 존경스런 마무리
> 말끝에 글 끝에 씀, 하고 맺는다
>
> ―「씀」 전문

　시인의 소소하고도 개인적인 경험 안에는 누군가 말끝에 "씀"이라고 붙여 주었을 때의 호감이 서려있다. 듣기 좋고 스스로 귀해지기까지 하는 "씀"이라는 말은 다양한 의미

군群으로 파생되면서 "말에 씨가 붙어/ 싹이 나고 잎이 나/ 열매가 맺힐 것 같은 말"이 되어간다. 가령 "씀"이란 말에는 '쓰임用'이라는 뜻도 있고 '씀(苦)'이라는 뜻도 있고 궁극에는 '씀(書)'이라는 행위를 통해 무언가를 남긴다는 뜻도 있다. 그렇게 해찰 부리지 않고 살다 간 "생각의 사원"에서 시인은 스스로 "나만 알 수 있는 존경스런 마무리"로서 "말끝에 글 끝에 씀, 하고" 맺는 시간을 가진다. 이때 '씀'의 자의식이야말로 '시인 최태랑'의 미학적 높이와 매무새를 잘 보여주는 은유적 형식일 것이다. 그만큼 그는 '씀'이라는 말을 통해 "흐릿해져 가는 아내의 기억에/ 종종 노크를"(「노크」) 하며 시간을 역류하여 "마음속 아직 펴지 못한/ 날개가 있음을"(「왜 모를까」) 써가고 있다. 그 역류와 열망의 몸짓이 말하자면 최태랑의 시 쓰기가 아닐까 한다. 다음은 어떠한가.

붙잡고 싶은 문장에 밑줄을 긋다가
세상 살아가는 모든 것들이 긋는
밑줄들을 떠올려본다
파도를 파종하는 바다
이랑 같은 하얀 밑줄을 그었다 지웠다 하고
먼 길 가는 기러기는
밤도와 하늘에 밑줄을 긋고
황소는 묵은땅 갈아엎어
굵직하게 밑줄을 긋는다
나무는 수직으로 하늘만 보다가

누운 다음에야 밑줄을 긋는데

내 언더라인은 어디쯤일까

　　　　　　　　　—「밑줄을 긋다」 전문

　생의 밑줄을 긋는다는 이 오랜 은유 역시 시인으로서의
자의식이 깊이 깃들인 표현일 것이다. 시인은 "붙잡고 싶
은 문장"을 만날 때마다 거기에 "밑줄"을 긋는다. 아마도
그 "밑줄"은 기억에의 욕망일 것이요 변형적 재현의 의지
를 담은 그릇이었을 것이다. 그러다가 그는 "세상 살아가는
모든 것들이 긋는/ 밑줄들"에 상도想到하면서 자신의 언더
라인은 어디쯤일까를 상상해 본다. 바다가 긋는 "이랑 같은
하얀 밑줄" "먼 길 가는 기러기"가 하늘에 긋는 밑줄, 황소
가 묵은 땅 갈아엎으면서 긋는 굵직하고 반듯한 밑줄, 나무
가 수직으로 서있다가 누운 다음에 비로소 긋는 밑줄 등은
그 자체로 자연의 신성함이 발화하는 '시詩'가 아닐 것인가.
이때 시인은 "어찌 보면 내 살아온 뒤안길 같은"(「섶박지」) 사
연들을 올올이 짜서 "묵묵히 무거운 몸 받아"(「가방」)주는 모
국어에 그것을 실어 "악보를 읽고 평생 잉크 없이 필사하는
필경사"(「페이지 터너」)처럼 시를 써온 '시인 최태랑'에 비로소
이르게 된다.
　말할 것도 없이 시인의 내면에서 상반되는 충동 사이의
균형을 이루고자 마련하는 것이 사물과 자신 사이의 '미적
거리(aesthetic distance)'일 것이다. 사물과 주체가 가지는 심
리적 거리이기도 한 그것은 사물의 내부로 침윤하게 될 경

우 가까워지고 사물의 바깥과 거리를 유지할 경우 멀어지게
마련이다. 최태랑 시인은 이러한 시선의 양면성을 두 가지
발화 방식을 통해 균형 있게 보여 주면서, 자신의 시선을
사물의 내부로 향할 때는 성찰의 기율을 띠고 그와 반대로
사물의 바깥으로 시선을 확장할 때는 현저하게 세계를 향한
해석의 속성을 띠어간다. 이러한 과정을 선택적으로 설정
하여 시인은 '씀/밑줄'의 자의식을 가지고 자신의 안팎을 탐
사해 간다. 시인 스스로도 "너무 멀리 떠나온 나는 까닭 없
이 모국어가 그립다"(「북위 57도를 지나며」)고 하지 않는가. 이
번 시집이 시인 스스로의 메타적 지향도 가지고 있음을 알
려 주는 선명한 표지標識가 아닐 수 없다.

3. 자연을 통한 공감과 견딤의 의지

최태랑 시인이 기대고 있는 중요한 축의 하나는 그가 자
연을 일관된 시적 표상으로 그리고 있고, 자신의 관념을 가
탁假託하는 상관물로 일관되게 자연을 상정하고 있다는 점
이다. 이는 그의 시적 배경이 자연이라는 뜻도 품고 있지
만, 문명 사회의 극점에서 자연이라는 물상 세계가 함의하
는 가치들 이를테면 생명성, 신성성, 시원성 같은 것을 시
인이 적극적으로 옹호하고 있다는 것을 의미하기도 한다.
시인의 심미적 체험을 담은 시적 표상물로서의 자연은 그
가 삶을 치유하려는 상상력에서 발원되고 생성되고 펼쳐져

간다. 다시 말해 시인은 서정적 직관을 통해 심미적 자연을 재현하되 거기서 매우 우주적이고 보편적인 삶의 의미와 가치를 읽고 있는 것이다.

북한산 능선 길 그늘에 앉아 봄을 쬔다
그늘을 넓히느라 적송은
파란 손가락을 내미는 중이다
우듬지까지 수액이 흐르면 나무는
하늘과 한 뼘 가까워질 것이다
저 산 아래 흐르는 강도 봄을 낳는 중이다
물고기들이 단맛 든 강물을 찍어 먹는 사이
비늘처럼 윤슬이 튀어 오른다
강은 먼 기억을 품은 채 흐르고
나무는 부지런히 봄볕을 떠먹는다
마음이 몸을 부축하고 걷는 길
혼자서는 목이 메어 도시락 내려놓고
터벅터벅 외로움을 더듬는다
앞서간 것들이 그리운 봄날
너덜대는 마음 하루재에 앉혀 두고
이제는 버려야 할 것과 지니고 갈 것,
흑백의 풍경을 분리해 본다
바람에 팔 하나를 내어주는 나무처럼
나는 누구에게 나를 내어줄까
어느 봄날

잊었던 나를 불러내어 고요히 읽는다

—「고요한 봄」 전문

시인이 걸어가는 "북한산 능선 길 그늘"에는 앉아서 쬘
수 있는 "고요한 봄"이 와있다. 적송은 파란 손가락으로 그
늘을 넓히고 있고 하늘과 한 뼘 가까워지는 순간을 맞는다.
그러고 보니 봄을 쬔다는 표현은 그늘에서 잠시 쉬면서 봄
을 받아들이는 것이니, 햇볕을 쬐는 것과는 오히려 반대편
모습인 셈이다. 윤슬도 비늘처럼 튀어 오르는 봄의 활력 속
에서, 강은 그저 먼 기억을 품은 채 흐르고 있다. 그때 시
인은 "마음이 몸을 부축하고 걷는 길"에서 외로움과 그리움
이 짙어가는 봄날에 "이제는 버려야 할 것과 지니고 갈 것"
을 생각해 본다. 흑백 풍경처럼 단호하게 분리해 본다. 그
렇게 "어느 봄날/ 잊었던 나를 불러내어 고요히 읽는" 것이
다. 그 안에서 우리는 따스하고도 여유로운 봄날의 "지우고
다시 써도 돌아오지 않는 기억"(「종이 나라」)을 흔연하게 만나
게 되지 않는가.

흘러온 한 생애가 부끄러워
땅속으로 흐르는 강
햇살도 머물지 못하고 돌아누워
그늘에 잠겨있다
아무도 오갈 수 없는
동토에서 유유자적 흘러 내려와

새들도 찾지 못하게 숨어버린 강

그 옛날 망국을 한탄했을까

백성들 명성이 아직도 들리는 듯하다

동란 중 가장 치열했던 격전지

격동 속에서 남모르게 늙어버린

노병의 한 자락 눈물

포성이 퇴적되어 협곡이 되었을까

통일의 기원도 새소리도 얼어버렸다

평생 들판을 보지 못하고

임진강에 와서야 얼굴 내미는

이 세상 가장 설운 이름을 가진 강

―「한탄강」 전문

　"북한산"을 떠나 이제 "한탄강"이다. 시인은 "이 세상 가장 설운 이름을 가진 강"에 이르러 "흘러온 한 생애"의 진한 부끄러움을 느낀다. 한탄강은 땅속으로 흐르고 흘러 "햇살도 머물지 못하고 돌아누워/ 그늘에 잠겨"있을 뿐인데, 시인의 기억 속에 이곳은 동토凍土에서 흘러 내려와 "새들도 찾지 못하게 숨어버린 강"이고 옛날 망국을 한탄했던 강이기도 하다. 또한 한탄강은 "동란 중 가장 치열했던 격전지"이기도 한데, 이때 "늙어버린/ 노병의 한 자락 눈물"이 "통일의 기원도 새소리도 얼어"버린 현장을 적시고 있다. 그 깊게 가라앉은 한탄강에서 시인은 "그리움에 목메는 사연"(「빙어 시인」)들을 애잔하게 듣고 있는 것이다.

이처럼 최태랑 시인은 북한산과 한탄강 같은 자연에 편재遍在하는 생명력과 역사성에 긍정적 공감과 견딤을 동시에 투사投射하면서, 서정시가 "객관적인 실재나 이것을 구체적으로 묘사하는 것이 아니라 외적인 것이 마음속에서 일으키는 반향과 그것에 의해 일어나는 정조情調 그리고 이러한 환경 속에서의 자각적인 감정"(헤겔)을 그리는 것이라는 견해를 충족시켜 간다. 말하자면 자연이 내지르는 '침묵의 소리(sound of silence)'를 들을 줄 아는 영혼을 통해 이러한 공감과 견딤이 가능하다고 믿고 있는 것이다.

4. 오랜 기억 속에 선연하게 되살아나는 그날의 감각

최태랑 시인은 한편으로는 지극한 천진성을 드러내 보이면서도 한편으로는 여전히 사람살이의 구체성을 벗어나지 않는다. 우리는 이를 두고, 문명의 위기와 실존의 심연을 동시에 응시하려는 시인의 의지 때문이라고 생각해 본다. 생명의 원형이 사랑의 이미지로 승화되면서 인간화되는 과정을 '시'라고 믿는 그는, 이처럼 자연을 향한 그리고 자연으로 화하려는 의지와 그것의 실현을 통해 자신의 노년을 노래하고 있다. 삶의 깊이를 채굴해 들어가는 언어의 갱부를 자임하고 있는 것이다. 이처럼 자신에게 주어진 시간과 내적 경험을 탐구하면서 가혹한 세계를 견뎌가는 것이 그가 가지고 있는 서정시인으로서의 탁월한 감각이라고

해야 할 것이다. 그런가 하면 이번 시집에는 척박하고 불우한 시대를 살아온 시인의 내면이 잘 부조浮彫되어 있는데, 한 시대가 불우하게 남기고 간 흔적과 상처가 여기저기 비치고 있다. 의심할 여지도 없이 그의 젊음을 관통했던 전쟁과 가난과 생존을 위한 고단함이 그 발생론적 거점이었을 것이다. 그것은 어렴풋이 군軍 체험을 통한 영상으로 드러나기도 한다.

한여름 옥수수밭을 지나다 보면
어디선가 병사들 군가 소리 들려온다

발가락 드러내놓고 꼿꼿이 도열한 채
바람이 이랑을 지날 때마다 어깨 흔들며
일사불란하게 군가를 부른다
한때 직립으로 살았던 시절이 생각나
노병은 헛헛이 서있다

우듬지에는 꽃인 듯 아닌 듯
피어있는 실가지
물알이 든 노란 알갱이
자꾸 눈이 그쪽으로 가
북녘이 보이는 전선
숭숭 뚫린 바람의 문으로
전우가 불렀던 마지막 노래

'어젯밤 꿈속에서 어머니가 하신 말씀'

저절로 하모니카 소리 들려온다

먼저 간 전우 생각에

눌렸던 슬픔 비집고 나와

잠 못 이룬 밤도 있었다

—「하모니카」 전문

　　이번 시집에서 시인은 월남전 참전의 팽팽한 긴장과 거기
에서 발현되었던 휴머니즘 같은 커다란 스케일의 영상도 노
래하고 있지만, 많은 경우는 군 시절 겪었던 서정적 체험에
대한 회상을 수행하고 있다. 시인은 한여름 옥수수밭을 지
나다가 일사불란한 "군가 소리"를 듣는다. 한때 자신도 그
들처럼 직립으로 살았던 시절이 있지 않았는가. 이제 노병
이 되어 시인은 헛헛하게 우듬지에 꽂인 듯 아닌 듯 핀 실
가지들을 바라본다. 북녘이 바라보이는 전선에서 "전우가
불렀던 마지막 노래"를 떠올리면서 하모니카의 환청도 듣
게 된다. 그것은 "먼저 간 전우 생각"에 한없이 슬펐던 시절
을 떠올리게 해주는데, 결국 하모니카 소리는 "고요한 심해
에서 종종 문을 여는"(「뿔소라의 꿈」) 한 시절의 회억回憶 과정
이기도 하고, 가장 치열했던 한순간을 조요照耀하게 다스리
고 있는 노병의 아름다운 자기 확인 과정이기도 할 것이다.

　　신혼 초급장교 시절 백골부대에 근무했다

철원군 서면 신술리 복계산 중부전선 골짜기

평강평야가 훤히 보이는 민통선 남쪽

아내는 종종 그 산에 가서 나물을 해왔다

볕이 손짓하던 어느 봄

해 질 녘이 되어도 돌아오지 않아

불길한 예감에 통신병과 함께 찾아 나섰다

한참을 헤매다 만난 아내

해가 넘어갈 때 잘 보인다는

고사리밭을 만나

한 소쿠리 고사리를 꺾었다며 천진하게 웃었다

내려오는 길에 만난

덤불 속 섬뜩한 삼각형 지뢰 표지판

등줄기가 오싹했다

쫄깃한 민통선 고사리 지뢰 나물

서로 얼굴 마주 보며 나눠 먹었다

—「고사리」 전문

   이번에도 시인은 "신혼 초급장교 시절"을 회상한다. "철원군 서면 신술리 복계산 중부전선 골짜기"에서 그는 평강평야가 보이는 민통선 남쪽을 지켰다. 종종 산에 가서 나물을 해 온 아내가 해 질 녘이 되어도 돌아오지 않아 찾아보니 아내는 초급장교 남편에게 "해가 넘어갈 때 잘 보인다는/ 고사리밭을 만나/ 한 소쿠리 고사리를 꺾었다며" 천진하게 웃는 것이 아닌가. 그 천진성은 "덤불 속 섬뜩한 삼각형 지뢰 표지판"의 폭력성과 대조를 이루면서 한 시대의 엄혹함과 그럼에도 불구하고 "쫄깃한 민통선 고사리 지뢰 나물"을 얼굴 마주 보며 먹었던 시절에 대한 그리움을 한꺼번에 전해 주고 있다. 마치 "섬과 섬 사이가 풍경을 그리듯"(「다정의 거리」) 그때와 지금은 이렇게 다르면서도 '하모니카/고사리'의 감각으로 서로 이어져 있기도 하다.

이러한 군 체험에 얽힌 천진한 사연들은 존재 탐색과 자기 완성의 열정을 담고 있고, 동시대인의 삶의 구체성과 애환을 담기도 하는 독자적 시법詩法으로 나아가기도 한다. 최태랑 시인이 쓰는 일군의 타자 지향의 시편도 이러한 시인의 기억에 대한 회귀의 의지가 침투한 역상逆像의 결과일 것이다. 그만큼 그의 시는 이러한 균형감각을 뜻 깊게 실현하면서 존재의 근원과 자신이 꿈꾸는 자기 완성의 모습을 비유적으로 잘 보여 준다. 오랜 기억 속에 선연하게 되살아나는 그날의 감각이 또렷하고 살갑다.

5. 사라져가는 노동과 실존의 장면들

그런가 하면 최태랑 시인이 이번 시집에서 가장 중요하게 각인하고 있는 형상은 사라져가는 것들에 대한 애잔한 마음과 그것에 대한 경의일 것이다. 내면과 사물의 통합적 묘사에서 그러한 지향이 잘 실천되고 구현되고 있는데, 그렇기 때문에 시인의 작품들이 맞닥뜨리고 있는 대안적 지평은 주객 분리를 부추기는 삶의 원리와 주객 분리에 맞서는 서정시의 원리를 세워가는 노력의 긴장 속에서 이루어져 간다. 그 안에 최태랑 시인 스스로 경험했거나 마음 깊이 바라본 노동과 실존의 장면들이 여럿 있다. 다음 장면들을 보자.

남대문 시장 미로 같은 좁은 길에
늙은 짐꾼 지게 한가득 짐 지고 간다
일사후퇴 때부터 자유극장 뒷골목
양지바른 곳에 터 잡고
유기전, 포목전, 시전, 산전수전 거쳐오는 동안
지게를 버리지 못하고
평생 밥이 되어줄 짐을 기다린다
찬밥 덩이로 시장기를 덜며
자라처럼 목을 길게 뽑고 두리번거린다
잘해야 하루에 한두 건
식구의 입이 저 굽은 등에 걸려 있다
오늘도 마지막이 될지 모르는 생을 굴리며
짐이요, 짐!

—「쇠똥구리」 전문

엔진도 돛대도 삿대도 없이
한 발로 상앗대를 저어 뻘 위를 미끄러지는
민달팽이 인생들
가을걷이 끝나면 벌교 장도 여인들은

갯벌에 나가 젖살이 오른 꼬막을 잡는다

볏단 위에 올려놓고 널뛰던 널판때기

그 널판에 배를 깔고 꼬막을 줍는다 밥을 줍는다

저어새 부리처럼 촉감으로 바구니를 채운다

갈매기들 비럭질을 끝내고 돌아갈 때면

널판이 낸 길을 따라 돌아와야 한다

밀물과 널배의 한판 승부가 남았다

손으로 긁어놓은 상형문자를 지우려고

먼 곳에서 바다가 달려오고 있다

한낮이 시들어간다

여인들이 긴 그림자를 끌고

널배와 함께 귀가를 서두를 때

세상 모든 길은 바구니 속에 있다

—「널배」전문

　"쇠똥구리"는 말똥이나 쇠똥을 둥글게 빚어 저장하였다가
그 속에 알을 낳거나 애벌레의 먹이로 삼는 곤충이다. "남대
문 시장 미로 같은 좁은 길"에 지게에 짐을 지고 가는 "늙은
짐꾼"이 그 "쇠똥구리"에 비유되고 있다. 그는 일사후퇴 때
부터 "자유극장 뒷골목/ 양지바른 곳"에서 그야말로 "유기
전, 포목전, 시전, 산전수전" 다 거쳐왔다. 아직도 지게를
버리지 못하고 "밥이 되어줄 짐"을 두리번거리면서 기다리
는 그는 "식구의 입이 저 굽은 등에 걸려" 살아간다. 가파른
노동과 이제는 그것마저도 "마지막이 될지 모르는" 소멸 직

전의 아우라Aura와 애틋함이 함께 서려있다. 그리고 그 형상은 멀리 이역異域에서 바라본 "네 식구 입이 저 젖가슴에 달려"(『젖 밥』) 있는 한 여인을 생각하게도 해준다.

그런가 하면 뒤의 시편에 나오는 "널배"는 물 위를 떠다니지 않고 꼬막을 채취하기 위해 갯벌에서만 이동할 때 쓰는 배를 말한다. "벌교 장도 여인들"이 갯벌에 나가 널판에 배를 깔고 젖살이 오른 꼬막(밥)을 줍는다. "엔진도 돛대도 삿대도 없이/ 한 발로 상앗대를 저어 뻘 위를 미끄러지는/ 민달팽이 인생들"이야말로 "세상 모든 길은 바구니 속에" 넣어가는 노동의 전위들이 아니겠는가. 시인은 쇠똥구리가 지는 짐도 "밥"이요 널배가 싣고 가는 꼬막도 "밥"이라고 말한다. 그네들이 직접적인 몸의 노동으로 건져 올린 "밥"은 비록 "벗어야 할 소리의 겉옷"(『거푸집』)일지라도 한세상을 떠메고 가는 불가피한 일용할 양식일 것이다. 그 안에서 "한때 달팽이처럼/ 가난을 등에 지고/ 더듬이 하나로 가파른 길 오르던 날"(『달팽이 조련사』)을 회상한다.

> 척박한 모래땅을 택해
> 태양에 도전장을 내민 위대한 종족
> 대적할 뿔이나 사나운 이빨 휘날리는 갈기도 없이
> 사막에서 지탱할 수 있었던 것은
> 꿇을 줄 아는 무릎을 가졌기 때문이다
>
> 낙타가 사막을 떠나지 못하는 것은 어린 영혼 때문이다

주인 무덤에 제 어린것을 순장한 모래땅
웅크리면 어둠이 되는 적막이 그의 집이다
모래사막을 헤쳐갈 두 가닥 발가락
덮개를 쓴 벌렁거리는 코
폭풍을 거슬러 볼 수 있는 두 겹의 속눈썹
목마름을 채우는 두 개의 혹을 단 그는
바람이 쓸고 간 무늬 위를 텀벙텀벙 노 젓듯 걸어간다
전생부터 생의 터울을 알아차렸다면
그는 진즉 사막을 버리고 초원을 향해 달려갔을 것이다

마두금 소리를 따라온 그는
빌려준 뿔 아직 돌려받지 못하고 지하방을 전전하고 있다
오늘도 경로석에 웅크려 졸고 있는 어리석고 슬픈 즘생
전동차 문이 열리자
서투른 걸음걸이로 바람 드센 미세먼지 속으로 사라진다
　　　　　　　　　　　　　—「도시로 간 낙타」 전문

　　이번 시집의 표제작이기도 한 이 작품은 사막을 거닐어
야 할 "낙타"를 도시로 옮겨 놓음으로써 그 어긋난 '주체-
환경'의 모습을 보여 주고 있다. 오래도록 척박한 모래땅에
서 "태양에 도전장을 내민 위대한 종족"인 "낙타"는 "뿔"이
나 "이빨"이나 "갈기" 대신 사막에서 "꿇을 줄 아는 무릎"을
가졌다. 낙타가 사막을 떠나지 못하는 것은 그 "어린 영혼"
때문인데, 순수하고 무구한 영혼은 웅크리면 어둠이 되는

"적막"을 집으로 삼고 있다. 그렇게 낙타는 모래사막을 헤쳐갈 "발가락"과 "코"와 "속눈썹" 그리고 "혹"을 가지고 바람이 쓸고 간 무늬 위를 걸어간다. 그런데 그 낙타가 지하방을 전전하면서 "오늘도 경로석에 웅크려 졸고 있는 어리석고 슬픈 즘생"이 되어 살고 있는 것이 아닌가. 서투른 걸음으로 미세먼지 속으로 사라지는 "도시로 간 낙타"야말로 "한때는/ 그리움에 굶주린 이들 가슴/ 붉게 물들이던/ 세상의 빛"(「무인 등대」)이었던 한 존재자의 쇠락과 사라짐을 예견케 하는 듯하다. 우리는 이를 통해 인간 실존의 불구성에 대한 짙은 비애와 함께 "곡선은 늘 수평을 내려다본"(「터널」)다는 삶의 역리逆理를 다시 한 번 만나게 된다.

사실 우리의 혹독한 현대사는 우리로 하여금 몸 안팎의 폐허를 경험케끔 하였다. 성장제일주의와 물신숭배로 대표되는 이러한 흐름으로 우리는 바쁘고 빠르고 새로운 것을 찾아다니면서 정작 중요한 몸속의 기억과 흔적을 잃어버렸다. 켜켜이 쌓인 시간의 깊이를 헤아리지 못하고 시간의 속도만을 문제 삼았던 것이다. 그러나 속도를 뒤로 미루고 깊이를 전면에 내세우는 상상력을 역설적으로 드러내는 것이 최태랑 시인의 이번 시집을 환하고 역동적으로 채우고 있다는 점에서, '쇠똥구리/널배/낙타'의 상징적 은유는 한결같이 사라져가는 시간(성)에 대한 대안적 사유와 형상을 보여 준 것들이 아닐 수 없을 것이다. 속도가 아니라 깊이의 문제로 시간을 바라본 이러한 시편들로 하여 최태랑 시인의 이번 시집은 단연 깊고 중중하다.

6. 융융하고 가없는 진정성과 열정의 시학

우리 시대는 변화를 경험하고 인지하는 과정을 치르기도 전에 전혀 다른 패러다임으로 몸을 바꾸는 주기가 한결 빨라졌다. 이제 문명은 인류가 천천히 음미하고 경험하면서 자신의 삶에 각인하는 어떤 대상이 아니라 그 자체가 역사라는 문장의 주어가 되어버렸다. 인류의 오래된 경험과 기억을 지우면서 우리에게 '새로움'이라는 강박과 '뒤처짐'이라는 피해의식마저 부여하면서 현대 문명은 브레이크 없는 질주를 계속해 가고 있다. 그래서 우리 주위에는 부드럽고 사소하고 느리고 오래된 것들의 가치가 내몰리고 그 대신 강하고 크고 빠르고 새로운 것들이 삶의 기율이자 목표로 대체되었다. 그러나 눈 밝은 시인들은 아무리 우리 시대가 강하고 크고 빠르고 새로운 것만이 살아남는다고 하더라도, 역설적으로 부드럽고 사소하고 느리고 오래된 것들이 여전히 우리를 살아가게 한다는 것을 믿는다. 최태랑 시인의 시선에 이러한 것들의 가치가 남김없이 포착되는 것 또한 그러한 믿음 때문일 것이다.

최태랑 시인은 첫 시집 『물은 소리로 길을 낸다』(천년의시작, 2015)에서 하염없이 무언가를 기다리는 고독과 침잠의 시간을 통해 선연하고도 따뜻한 자신만의 기억술을 보여 준 바 있다. 4년 만에 출간되는 이번 시집은 이러한 세계를 더욱 심미화하여 예술적 차원을 높였다고 할 수 있다. 앞으로도 그는 우리의 의식과 무의식 속에 깊이 각인된 시간 경험을 가장 중요한 생의 형식으로 삼으면서 시를 써갈 것이다. 물론 지나온 시간에 대한 일방적 미화나 퇴행 욕구는 그의 시와 전혀 관련이 없다. 오히려 그의 작품에서는 시간의 불가역성에 대한 안타까움을 바탕으로 하면서도 시간의 흐름을 생의 실존적 형식으로 받아들이는 과정이 줄곧 나타날 것이다. 그럼으로써 시인은 유한자로서의 겸허함이나 메말라가는 우리의 삶에 대한 자기 확인을 지속해 갈 것이다.

그런 의미에서 이번 시집에서 선명하게 나타난 삶의 고단함은 가혹한 절망이나 달관으로 빠져들지 않고 세계내적 존재로서 가지는 고유한 긴장과 그에 대한 성찰을 제공하고 있다 할 것이다. 그 안에서 우리는 실존적 형식으로서의 시간에 대한 지극한 헌사를 만나고 있지 않은가. 그 융융하고 가없는 진정성과 열정의 시학이 우리 시단에서 크게 평가되고 기억되기를, 마음 깊이, 소망해 본다.